言葉

第二號

言葉第二號目次

木枯の酒倉から

聖なる醉つ拂ひは神々の魔手に誘惑された話

坂口安吾

發端

木枯の荒れ狂ふ一日、僕は今度武藏野に居を卜さうと、ただ一人村から村を歩いてゐたのです。物覺えの惡い僕は物の二時間とたたぬうちに其の朝發足した、とある停車場への戻り道を混がらがせてしまつたのですが、根が無神經な男ですから、ままよ、いい處が見つかつたらその瞬間から其處へ住んぢまへばいいんだ、住むのは身體だけで事足りる筈なんだからとさう決心をつけて、それからはもう滅茶苦茶に歩き出したんです。ところが案外なもので(えてして僕のやることは失敗に畢るものですから)、見はるかす武藏野が眞紅に燒ける夕暮れといふ時分に途方もなく氣に入つた一つの村落を見つけ出したのです。夢ではないかと悅んで思はず快心の笑みを洩して居りますと村端れの一軒に突然物の破ける音がして、やがて荒れ狂ふ木枯にふうわりと雨戸が一枚倒れるのを見ましたが、次の瞬間には眞つ黑な塊が彈丸のやうに轉げ出て、僕の方へまつしぐらに駈け寄つてくるのです。

近づくのをよく見ますと、いやに僕によく似た——背が高く、毛髪は茫茫とし、顏色は蒼白で、駈けてきた所爲でもありませうが、何となく疲勞の色が額に漂つてゐて、妙チキリンなピヂャマを着てゐるんです。一體こいつほんとに氣狂ひかしら、と無論僕はさう思ひついたのですが、廣い武藏野の眞ん中で紅紅とただ二人照し出されてみますと、この怪物がばかに親密に見えるものですから、君、君、と僕は通りすぎるこの怪物を呼びとめました。ところがこの周章て者は僕の聲などてんで耳に這入らないらしく尙も一散に彈となり水平線の向ふ側へ飛び去りさうに見えたものですから、僕も亦とつさにわあつといふと一本の線になつてこの男の跡を追ひかけるやうな次第になつたのですが——大根の四五本ぬき棄てられてある横つちよのあたりでやつとこの周章て者の腰のところへ武者振りつくと勢あまつて二人諸共深深と黑い土肌へめり込んでしまつたのです。顏の半ぺたを土にしてフウフウと息をつきながら夢からさめたもののやうにポカンとしてゐるこの周章て者に僕は亦とぎれとぎれに詫を述べ、如何なる必然と偶然の力がかかる結果を招致するに至つたものであるかといふことを順を追ふて説明いたしました。

——結局君はこの村に貸間亦は貸家が存在するであらうかといふことを僕にききたかつたんだね。

と、話してみれば物分りのいい男で、心臟の動悸がやうやくに止つたらしく、こう（顏の半ぺたを土にして）反問するのです。

——さうです、何か御心當りがありますかしら。

と、僕はもうひどくこの周章て者に好意を感じ出してゐたのですが、物のはづみで拾ひあげた大根をなで廻しながらこんな風にきいたのです。するとこの男は僕の言ふことが呑み込めないのでせうか（えて哲人は食物を食

べるその理窟さへ分らないものだと言ひますから）怪訝な顔をして、

――無いこともないが、かりにあつたとして、君はそれをどうする心算なんだ
といふのです。

――無論僕が住むんですがね。

――う、ぶるぶる、止した方がよろしいよ。

――何故ですか？

――う、ぶるぶるぢやよ。

と彼は一きは顔色を蒼く鋭くするのです。しかし彼は見かけによらぬ親切な男で、改めて僕を自分の宿（さつき雨戸を蹴倒して出てきたところです）へ案内すると、どうしても君はこの寒い村に居を構えるつもりであるかと尋ね、頑としてさうであると答へると、「尊公も亦呪はれたる灰色ぢやよ」と目を伏せながら、次のやうな笑ふべき物語を語つてきかせたのです。木枯が窓を叩くたびに、う、ぶるぶると震へながら――

蒼白なる狂人の獨白

俺の行く道はいつも茨だ。茨だけれど愉快なんだ。茨よりほかの物を、俺には想像ができなかつたから。

俺は禁酒を聲明した。肉體的、經濟的、ならびに味覺的に於てすら、酒そのものが俺にはけして愉快なる存在

ではなかつたからだ。無論禁酒を聲明した程だから昔は酒を呑んだんだ。あべべい、酒は茨だねえ、不快極る存在ぢやよ、と言ひながら。

酒は君、偉大なる人間の理性を痺らせるものぢやよ。酒はあばばいぢや。汝の明朗なる人間的活動は忽ちにして神の如く曇るぞよ。おそれよ、おそれよ、といふ注告は遺憾ながら俺の爲にはペチシオ・プリンシピイの誤謬を犯してゐる。

俺の理性が痺れうるものならば――余は酒樽の冠を被り樫の大いなる觴を捧げ奉つて、ロンサルの如くたちどころに神に下落するぞよ。

――愛する友よ。君は人間として甚だいたらん男ぢや。酒呑めば酒と化すことを、人間はその誇りとするものぢやよ。まま、ええさ。唄ひかつ踊り、寂しげなる村々を巡禮して悩みを悦びの如く詩にあらはし、一文の喜捨にも往昔の騎士に似て丁重なる禮を返し、落日と共に塒を求めて山毛欅の杜へ消え去るのも一つの修業方法であるな。旅は人の心を空ツポにするものぢやよ。そのくせひどく感動しやすくなるもんだから、貴公のやうな鈍愚利でも時あれば沁むやうに酒が戀しくなるかも知れん。ああ！ 酒呑まぬ男は猿にかも似てゐると、うまいことを言ふもんだねえ。賢ら人《サカシ》は、いやだねえ。ゲヂゲヂを思はせるよ、君。

とわが友は暗澹たる顔をさらに深く曇らせてゲヂゲヂを拂ふもののやうに觴を振り廻すのだ。わが友は日本にたつた一人の瑜伽行者《ヨーギン》だ。痩せさらぼうて樹下岩窟に苦行し百日千日の斷食を常とするかの輩《トモガラ》です。業成れば幻術の妙を極めて自在《シジ》を得るところの、あれだ――が、俺の友達は酒樽の如く脂肪肥りの酔つ拂ひだ。呑んだくれの瑜伽行者もないもんぢやよ、君。

——余は斷じて酒をやめるぞよ。と俺はその場で聲明した。ひたすらに理性をみがき常に煩悶を反芻して、見よ煩悶の塊と化するぞよ。右も煩悶左も煩悶、前も後も煩悶ぢやよ。目を開けば煩悶を見、物を思へば煩悶を思ひ、煩悶を忘れんとして煩悶に助けをかり、せつぱつまれば常に英雄の如くニタニタと笑ひつつ、余は理性を鉾とし城として奪然死守攻擊し、やがて冷然として余の頸をも理性もてくびくるであらう。見よ、

——余は斷じて酒を止めるぞよ。

と俺は斷乎として聲明したのだが——まあ待ち給へ。聖なる俺の決心を永遠ならしむるために、も一度立ち戻つて事のいきさつに詩的情緒の環をかけさせて呉れ給へ。

每年のことだが、夏近くなると俺は酒倉へサヨナラをする。それといふのが、夏は君、ペンペン草を我無者羅に俺達の酒倉へはやすからなんぢやよ。見給へ。夏が來ると俺達の酒倉はペンペン草で背の半分を埋めてしまふのだ。酒倉の壁の罅からもペンペン草が頸を出す。同じ草が傾いた屋根の上では頭をふり、庭も亦一面にペンペン草の波なんだ。

一體俺達の酒倉はこれでもれつきとした造り酒屋なんだけど、何分ここの亭主は自分の酒を自分一人であらかた呑みほしてしまふものだから、長い年月には母屋を呑み庭の立木を呑み（客ではない、無論亭主自身が呑んだんだ）、今では彼の寢室でありやがては棺桶であるところの破れほうけた酒倉がただ一つ殘つてゐるばかりだ。だから君、夏がきてペンペン草が酒倉の白壁の半分を包み隱してしまふとき、俺は呆然として無から有の出た奇蹟をば信ずるに至るのだけれど——君が見かけ程詩人なら、疑ふべき筋合ではないのぢやよ。といつたわけで、ペ

ンペン草は生え放第に庭も道も一様に塗りつぶすものだから、俺は酒倉への出入にペンペン草に捲き込まれてとんだ苦勞をしてしまふのだ。足をからむとか蛇をふみつけるとかしてわあつ！　と及腰になりかかると、鼻孔にまぎれ込む奴もペンペン草であるし懷にガサガサとなる奴も——ああ何處をどうして潛り込んだのか背中で何か騷ぐ物があるのもみんなこのペンペン草なんだ。俺はううんと呻えたまま天高く兩腕をつきあげて進退ここに谷まつたといふ印をしてしまふのだ。すると眞夏の太陽がカアンといふあの變テコな沈默でいやといふほど俺の頭を叩きのめすものだから、俺は危く目をまはさうとするのぢやよ。おお光よ、おお綠よ、おおペンペン草よ、怖るべき力よ、俺の若き生命よ。余は綠なすペンペン草の如く太陽のあるところへ一目散に駈けてゆかねばならぬ。ああ酒は憎むべき灰色ぢやよ、と俺は思ふのだ。

——酒は頑としてサヨナラぢやよ。

と、そこで俺は憤然として酒倉を脱走するのだ。「ああ太陽よ」とか「おお生命よ」とか、まあそいつたことを喚きながら、俺は何分あまりにも興奮して酒倉を走り出るものだから、つい亦ペンペン草に足をとられて大概は四ん這ひになり畢り、酒は實に灰色ぢやよ、俺は頑としてそれを好まんよなどと叫びながら這ひ出してゆくのだつた。

すると酒倉の亭主は——先刻御承知の瑜伽行者だが——ペンペン草の間から垣間見える俺の尻を見送りながら「木枯が吹いたら又おいでよ」と、ニタニタと笑ふのだ、「木枯が吹いたら又おいでよ」と、ね。

まことに木枯と酒と俺は因果な三角關係を持つものである——木枯は、恰も俺の活力を刺し殺すやうに酒倉のペンペン草を枯してしまふのだ。すると俺は——

ああ！俺は冬が大嫌ひだあ！
冬は——俺の心をさむざむと白く冷くするのぢやよ。寒氣は俺の腦味噌をも氷らせるのだ。俺の一切の運轉はハタと休止して——俺はペンペン草と一緒に、ここに果敢なく枯れ果ててしまふのだ。顏色はいふまでもなく蒼白となり、目は鈍くかがやき、腦味噌は——腦味噌といふ代物を余はひどく怖れるよ——腦味噌は、氷りついて動かないのだ。そこで俺は樣樣な手段を講じてぜひとも腦味噌を動かさうと勉めるだ。俺の目はいみじくも光り輝き、額は瘦せくたびれて、頭は唸りを生じ、俺は——ほがらかに氣狂ひになりさうな氣がするのだ。俺の唇は酒を一滴も呑まぬのに呂律も廻らなくなつて、ワハ、オモチロイヨ、などと言ふのだ。こんな風にして、俺の身體は何かガラスのやうな脆い物質から出來てゐて、どこかしらん一寸でも動かしたが最後ピチピチと音がしてわれちまふやうな氣になる。舌を出してさへゼンマイがくづれさうな氣がするから（ああ、舌が出してみたいねえ）笑ひたくてたまらないのだが——俺は斷じて笑はんよ。武藏野に展かれた宿の窓から、俺は時々頸をつき延して、怖るべき冬の情勢を探るのだ。すると、見渡す視野がばかに廣茫と果もなくひろがつてゆくのに、その都度瞠若として度膽を失つてしまふのだ。冬の廣さを見てゐると、俺は俺の存在が消えてなくなるやうに感じるものだから……

……こうして、木枯のうねりが亦一とうねり强くなると、俺はつい堪りかねて、ふつとあの酒倉を、思ひ出してしまふのだ。憎むべき酒よ、呪ふべき酒樽よ、怖るべき冬よ、う、ぶるぶるよ。俺の戀心は果もなくつのつて、俺の魂はいつの間にやら木枯の武藏野を一とびに、酒倉の戸の隙間から惡魔風な法式でふいとあの酒倉へもぐり込んでしまふのだ。すると酒倉の亭主は——

（ああ、彼の不愉快な幻術は、如何に俺を悩ますことか！）

——おもむろに觴をひねくりながら、まぎれ込んだ俺の魂をてもなく見破つてしまふのだ。彼は脂ぎつた太くまん丸い顔をニタニタと笑はせる、そしてグイと一杯呑みほすと、いやに取り澄まして、やをら得意なる背龜坐《ウッターナーサナ》を組み、おもむろに調息するのだ。見給へ——彼は分身の術を用ひて、さむざむと武藏野に展かれた俺の窓から、脂ぎつた顔のニタニタをぬつと現す。

——愛する友よ、寒さは人間の敵だねえ。彼等はかつてナポレオンをオロシヤに破り、轉じては若きエルテルの詩人を伊太利に逐り、澆季の今日に於ては鈍愚利の尊公をも酒倉へ逐らうとする。人間はかくの如く常に溫かくあるべきぢやよ。その意味に於て尊公の心に萠し出でた本能の芽は聖なる鉢顛闍梨《バタンチャリ》の三昧に比していささかも遜るところを見出しがたいのぢやよ。唵唵《オームオーム》、（箆棒め）といつたものぢやよ。

と言ふのだ。

俺は憤然として何事かを絶叫しやうと思ふのだが、うかつに絶叫しては頤のゼンマイから必然的に頭のゼンマイへかけて狂ひ出す怖れを感じるものだから、絶望的なニヤニヤを笑つて行者のニクニタを眺めてゐるのだ。すると俺の心臟はひどく憶病になつて次の一秒がばかに恐ろしく不氣味に思はれ、沈默に居堪らなくなり出すから、もうおさへ切れずにわあつ——と叫ぶと——

一つぺんに階段を跳び降りて雨戸を蹴破ると、もう武藏野の木枯を彈になつて一條にころがつてゐるのだ。

わあ！

助けて呉れえ、冬籠りだぁ！

と、かやうに聲高く武藏野を喚きながら、俺は酒倉の戸を踏み破つて――

(俺達の酒倉では二十石の酒樽から酒をのむのぢやよ)

――二十石の酒樽を抱きかかへるやうにしてグイグイ、ぐいぐいと酒の灰色を一息に(茨ぢやよ)あほるのだ。木枯がペンペン草を吹き倒すとき、俺は毎年もとの醉つ拂ひに還元してしまふのだつた。

こうして俺、聖なる呑んだくれは、武藏野の木枯が眞紅に燒ける夕まぐれ足を速めて酒倉へ急ぐのだが――すると酒倉の横つちよには素つ裸の柿の木が一本だけ立つてゐるのだ(君は勿論知るまいが――)。この柿は葉が落ちても柿の實の三つ四つをブラ下げて、泌むやうな影を酒倉の白壁へ落してゐるのだが――俺は毎日このまつかな柿の實へ俺の魂を忘れて、ふいと酒倉へもぐるのだ――と、こう思ふのがせめてもの俺の口實なんだ。だから俺は安心して、あれとこれとは別物だけれど、まるで魂を注ぐやうに、酒樽にとびかかると、ぐいぐいぐいぐいと酒を魂を呑んぢまふんだあ！　概して俺はこの酒倉で最もへべれけに醉つ拂ふ男の唯一人で、酒倉の階段を踏みはずすと窖へ宙づるしにブラ下つたまま寢ちまふこともままあるのだ。そんな朝、目が覺めると、頭の下から足の方へ登つてゆく太陽を天麩羅だらうかと眺めるんだが……

酒は憎むべき茨ぢやよ、全く俺は毎夜ダブダブ醉つ拂つて呪ひをあげるのだけれど――冒頭にお話しした聖なる禁酒の物語はペンペン草の夏ではない、頑として木枯の眞つただ中に(うう、ぶるぶる)行はれたのぢやよ。それはそれは悲痛なものであつたのだが、まあきき給へ。

――愛する行者よ。と、俺は一夜鬱積した酒の呪にたまりかねて、幾杯目かの觴を呑みほしたとたんに、憎むべき行者の樂天主義《オプチミスム》を打破しやうと論戰の火蓋を切つたのだ。

——愛する行者よ、鉢頭闍梨《バタンヂャリ》の學說は不幸にしてイマヌエル・カント氏に先立つて生れたるが故にここにたまたま不運なる誤謬を犯すに至つたものであることを、余は尊公のために歎くものぢやよ。思ふに尊公等岩窟斷食の徒は人間能力の限界について嚴正なる批判を下すべきことを忘却したがために、淺慮にも人間はつまり人間であることを忘れ恰も人間は何でもない如くに考へ或は亦人間は何でもある如くに考へるのぢやよ。さればこそ尊公は酒と人間との區別を失ひ、酒は尊公の肋骨であり尊公は酒の肋骨……うむうむ、であるなぞと考へるのぢや。げに恐るべき誤謬ぢやよ。かるが故に——（と二十石の酒樽より酒をなみなみと受けて呑みほし）

——かるが故に尊公は又人間能力の驚嘆すべき實際を悟らずして徒らに幻術をもてあそび、實は人間能力の限界内に於て極めて易々と實現しうべき事柄を恰も神通力によつてのみ可能であるなぞと、笑ふべき苦行をするのぢや。見よ。余の如きは理性の掟に嚴として從ふが故に、ここに酒は茨となり木枯はまた頭のゼンマイをピチリといはせるのだけれども、余は亦理性と共に人間の偉大なる想像能力を信ずるが故に、尊公の幻術をもつてしては及びもつかぬ摩訶不思議を行ひ古今東西一つとして欲して能はぬものはないのぢやよ。世に想像の力ほど幻々奇怪を極め神出鬼沒なるものは見當らぬのぢや。さればこそ乃公《ダイコウ》の行く手はいつも茨だが、目をつむれば茨は茨ならずしてたちどころに虹となり、虹と見ゆれど茨は本來茨だから茨には違ひないけれど亦虹なんぢやあ。しかし亦虹は茨——うう、面倒くさい話であるが（實際に於てかくの如く面倒であるのぢやよ）——だから余は斷じて幸福であるのだ！

と、酒樽にもたれて醉眼を見開き、勢あまつて尚も口だけをパクパクと動かしてゐたのだが、行者はニタニタと笑ひつつ面白さうに俺のパクパクを眺めながら焦燥《アセ》らず周章てず尚も幾杯かを傾けてしばらく沈默の後（ああ！　悲劇の前奏曲よ！）靜かに鼻の頭をこすつて

――尊公は見下げ果てたる愚人ぢやよ。（とおもむろに暗涙を流した）。かつて人間が神を創造して以來ここに人間の生活に於ては詩と現實との差別を生じ、現實は常に地を這ふ人間の姿を飛躍する能はず、詩はまた常に天を走れども地上の現實とは何等の聯絡を持つことを得なかつたから、人間は徒に天と地の宙を漂ひ、せつぱつまつて不幸なる尊公らは虛無と幸福とを混同するの錯覺におちいり、ヂォゲネスは樽へ走り、アキレスは龜を追ひかけ、小春治兵衛は天の網島、莊周は蝶となり、尊公のゼンマイははづれさうになるんぢやよ。ひとり淫亂の國天竺には現實を化して詩たらしめんとする聖なる輩《トモガラ》が現れて、ここにカーマスツトラを生みアナアガランガをつくり常にリンガ・ヨォニに崇敬を拂つて怠ることがないから法悅極るところなく法を會得し、轉じて一方には聖なる苦行斷食の徒を生み出して彼等には幻術の妙果を與へるに至つたのぢやよ。されば我等の幻術は現實に於て詩を行ひ山師神神を放逐し賢《サカシ》ら人を猿となし酒呑めば酒となる眞實の人間を現示せんとするものであるわい。いで――

（と、行者は奇蹟的な丸顏をニタニタと笑はせながら立ちがあがつたんだ）

――いで空々しく天駈ける尊公の想像力を打ちひしぎ、地を這ふ人間そのものを即坐に詩と化す幻術の妙を事實に當つてお目にかけるよ。

と、フウフウと酒氣を吐きながら、しばらくは酒樽にもたれてフラフラと足下も定まらなかつたが、おもむろに重心を失ふと横にころげて鯉のやうにビクビクと動くのだ。

俺はもう行者の長談議の中途から全く退屈してゐたので、どうにと勝手になるやうになれと、酒倉の壁にもたれて天井の蜘蛛の巣を見てゐたが、酔つたせゑでもあるのだらうか、ぼやけた蠟燭は數限りない陰陰を投げて狂ほしく八方へ舞ひめぐり、さらでも朦朧とした俺の視界を漠然の中へ引きづりこんでしまふのだ。俺は木枯の響がヒユウとなつて酒倉をくるくると駈けめぐるのをきいてゐたが――そのうちにみんな忘れて何もきこえなくつてしまつた。

それからものの五分もぢつとそんな風にしてゐたのだらうか、ふと引くやうな物音に我にかへると、それは嘗て耳に馴れない笛の音で唄ふやうに鳴りひびいてくるものだから何事であらうかと目で探ると――俺は危くうわあつ！　と呻えて酒樽に縋りつくところだつた。一匹のコブラが頸のところをまんまるく膨ませ、立つやうに泳ぐやうに屈伸しながら、ぼやけた蠟燭にいやらしいその影を騷がせてゐるのだ。これは音にきく熱國の蛇使ひであらうか、白い回教徒頭巾《チユルバン》を頭にまいた銅色の男が酒樽の片影に坐を組んで太く節くれて光澤のある笛を吹いてゐる……

わあわあ、余は酔つたんだあ。斷じて俺は酔つちまつたぞ。と、俺は絶望して俺の頭を横抱きにかかへながら、せめて親友瑜珈行者は何處へ行つたんだ、助けて呉れえと眺めまはすと――亦しても俺はわあつ！　と今度は笑ひが爆發して今にも粉微塵と千切れ去るところだつた。何といふ笑ふべき格巧であらうか！　魁偉なる尻を天高く差しあげ、太い頸をその股にさし込むばかりにして匍匐するあの様は、あれが行者の得意なる背龜坐《ウツターナーサナ》であるのか。それともむしろあの形よりおして瑜伽經に說く弓坐《ダヌラーサナ》、孔雀坐《マユラーサナ》の類でもあらうか。見れば股かげにその丸顔をもぐらせて相も變らずニタニタと笑はせながら、それでも流石に目を閉ぢて豆程もある脂汗をジタジタとわかせてゐるのだ。

蛇の踊りがこうして、何の變哲もなくものの五分も續いてゐたらうか。すると俺は、ひどく醉つたせゑで目のまはりに白い靄がかかつたんだと、さう思つたのだ――周《マハリ》章てて目の周をこすつたのだが、模糊とした靄は一向に消えやうともせず、今度は何となくフワフワと渦を卷いて見えるから――ああ俺は遺憾なく醉つちまつたんだと匙を投げて拳骨をふりあげた、すると――だだ、何たる事だ！　ゆらめく靄はするりと縮んで忽ちに一つの塊におさまつたと思ふうちに不思議な香氣が鼻にまつはつたやうな氣がしたが、ばかに一面が氣持よく澄み渡つたやうだと思ひついた時には、もう目の向ふに波羅門の銅色の娘が綺麗な裸體でねそべつてゐるのを見出してゐた――娘はひどく自由な、物なれた物腰でゆるやかに立ちあがると、すぐ自分の横にそびえたつ魁偉なる尻の塔を眺めてゐたが（べつにおかしくはないとみえて、俺のやうにゲタゲタと笑ひくづれやしないのだ）、やがて、ひどく懐かしい表情をすると、戀人を抱くやうに行者の頸に手をやつて、蛇のやうな腕をするするとまはした……

ああ！　酒は憎むべき灰色だ！　呪ふべき酒の毒よ！

と、俺は怒り心頭に發して跳ね起きると（起きあがる急速なる一瞬間に、娘の腕のふうわりとした中で行者のニタニタがなほニタニタと深く笑ふのを眺めたのだが――）、ああ！　呪ふべき酒よ！　呪ふべき幻術よ！　と俺は狂氣の如く行者の丸顏（そのときも股のとなりにあつた）にとびかかると娘の腕を跳ねのけて太くたくましいその頸筋をむんずと摑んでぐいぐいと絞めつけたのだ――恐らくその瞬間には娘も蛇も蛇使ひも消えて其處には居なかつたのであらうが――けれども行者は、なはも娘に頸をまかれてゐるかのやうに快くニタニタと脂の玉を浮べるのだ。

――わあつ！　余は斷じて酒を止めたぞよ！　余は斷乎として……わあつ！

と叫ぶと俺は行者の頸を離れ、自分の頭を發止とかかへてガンガンとぢだんだ踏んだが、あらゆる見當を見失つてわあつ！　と一聲うめえたまま――二十石の酒樽の周圍を木枯よりも尙速くくるくるくるくるとめぐり初めたのであつた。余は煩悶の塊ぢやよ、余の行く道は茨ぢやよ、前も後も煩悶ぢやよ、煩悶を忘れんとして煩悶――


――

わあつ！

と俺は跳ねあがつて（ああ何十邊酒樽の周りをまはつたか）バツタリと立ち竦んだまましばらくは外を吹く木枯の呻きに耳傾けてゐたのだが、猛然と心を決め、グワンと扉を蹴倒すと荒れ狂ふ木枯の闇へ舞ふやうに踊りこんでしまつたのだ。俺がただ一條に轉げてゆく闇のうしろでは、今蹴倒した扉から酒倉へかけて津波のやうに木枯の吹き込んだ音をききながら、

――俺は斷じて酒を止めたんだあ！

――もう一滴も呑まないんだあ！

――助けてくれえ！

と武藏野を越え木枯をつんざいて叫びながら――辛うじて下宿の二階へ辿りつくと空しい机の木肌に縋りついて。

――く、苦しい！　助けてくれえ、喉がかわいた！　酒を呉れえ！　酒だ酒だ！

とかやうにもがきながら、反吐を吐きくだしてしまつたのだ。

俺の禁酒は、結局悲劇にもならずに笑ふべき幕をおろした。悶々の情に胸つぶし狂ほしく掻い口說くのは一人戀人だけであるといふことを、呪はれたる君よ、知らなければならぬのぢや。冬はあまりにも冷たすぎるものぢやよ。

だから（聖なる決心よ！）俺はうなだれて武藏野の夕燒を――ういうい、酒倉へ、酒倉へ行つたんだ！　斷乎として禁酒を聲明したあの一夜から、數へてみて丁度三日目の夕暮れだつた。俺の目は落ち窪み、頰はげつそりと瘦せ衰へて、喉はブルブルと震へてゐたが。ややともすれば俺は木枯に吹き倒されて、その場でそのまま髑髏にもなりさうに思ひながら、やうやくに酒倉へ辿りついてその白壁をポクポクと叩いたんだ。

俺の悄然たるその時の姿は、「歸れる子」の抱腹すべき戲畫であり、換言すれば下手糞な、鼻もちならぬ交響樂を彷彿させるそれら「さ迷へる魂」の一つであつたと、行者は後日批評してゐる。とにかく俺はやうやくにして二十石の酒樽に取り縋ると物も言ひ得ず灰色の液體を幾度も幾度も口へ運んだ。ああ幾度も幾度も……そんな風にして俺の神經の細い線が、一本づつ浮き出てくるのを感ずる程呑みほしたのだが――酒は本來俺にとつて何等味覺上の快感をもたらさないのだ。むしろ概して苦痛を與へる場合が多いのだし、それに酒はむしろ俺を冷靜に返し、とぎ澄まされた自分の神經を一本づつハツキリと意識させるのだけれど――それでゐて漠然と俺の外皮をなで廻る溫覺は俺をへべれけに醉つ拂はしてゐるのだつた。だから俺は酒に醉ふのは自分ではなく何か自分をとりまく空氣みたいなものが醉つちまふんだと思つてゐるのだが――そんなことを思ひ當てるときは、きまつて足腰もたたない程醉ひしれてゐるのだ。

俺はぐいぐいと、どれ程の酒を呑みほしたものであらうか。益々冴える神經の線が例の模糊とした靄につつまれてゆくのを感じながらふと我にかへると、思はず俺はわあつ！　と――いや、もはや俺は物に驚く力をも忘れた木念人であつたから、朦朧たる目を見開いて、見開いても暫くはさだかに見定まらないので、わしあ驚かんよ。勝手にしろよ。とフラフラと動いたのだ。

俺達の酒倉はいつの間にか緑したたる熱國の杜に變つてゐた。見涯もつかぬ廣い緑は、あれはみんな魂の生《ナ》るやうな、葉の厚ぼつたい、あんな樹々だ。菩提樹、沙羅樹、椰子、アンモラ樹。緑をわたる風のサヤサヤにガサツな音を雜へる奴は、あれは木の葉ではない、地べたに密生する丈長い草――ペンペン草ではありませんよだ――これは梵語にクサと呼ぶ草で印度に繁る雜草だつた。クサの繁みに一きは白くそびえ立つ圓塔は、あれは聖なる卒塔婆であらうかと目をすえると――ああ、これは背龜坐《ウツターナーサナ》を組む行者のグロテスクな尻であつたから、俺は思はず敬虔なる心をさへ起すところであつたのだ。

もしや婆羅門の「いらつめ」「いらつこ」が古い日本の燿歌《かがひ》さながらに木々を縫ふてゐはしまいかと奥深く杜をうかがつたのだけれど、渡るものは風ばかりで、それでも氣のせいか、何か遠くさんざめく物聲にもききとれた。見るほどに、見渡す限り樹々を渡る、風の冴えた沈黙ばかりだ。

――わしは幻術を好まぬよ。（と俺はフラフラと立ち上つた）。木枯の如く酒の如く呪ふべきものは幻術ぢやよ。緑なす菩提樹よ、椰子よ、沙羅樹よ、アンモラ樹よ、これらも亦甚しくわしの氣に入らんよ。俺の行く道は常に愉快なる茨ぢやよ。（ああ、俺は何と歎くべき小人であらうか！）、ああ愛すべき茨よ！

と、尚も俺はフラフラと、ひどく陽氣に歩き出し、クサを踏みわけて幾度も轉げながらあのパゴダ――行者の御尻です――に辿りつくと、呪はれたる尻よ、とこれを平手でピシャピシャと叩いたのだ。すると行者は尚も幻術に無念無想で、股にもぐした丸顔には例の脂汗とニタニタが命懸けにフウフウと調息してゐるのだつた。

――余は斷じて尊公の尻を好まんよ

と、俺も詮方なくニヤニヤと空しい尻に笑ひかけながら尚ほ暫く叩いてゐたが、やがて退屈して酒樽へ戻らうと足のフラフラを踏みしめて叢の中へわけ入つたのだが――（ああ、これも呪ふべき行者の幻術であらうか）叢に秘められた階段に足踏みはずして、酒倉の窖へ眞つ逆樣に轉り込むと、何のたわいもなく、俺は氣絶してしまつたのだ――。

附記

この小説は筋もなく人物も所も模糊として、ただ永遠に續くべきものの一節であります。僕の身體が悲鳴をあげて酒樽にしがみつくやうに、僕の手が悲鳴をあげて原稿紙を鷲づかみとする折に、僕の生涯のところどころに於てこの小説は續けらるべきものと御承知下さい。僕は悲鳴をあげたくはないのです。しかし精根ここにつきて餘儀なければしやあしやあとして悲鳴を唄ふ曲藝も演じます。（作者白）

砂漠で

本多信

私は日沒を見送つた　それから一群の隊商《キャラバン》を
東南風《シロッコ》が夜を運ぶ　私の小屋に私の砂漠に
露營の窓のやさしい私の洋燈《ランプ》
その琥珀の光りの中に私の思ひ出の星は消える
夜明けを　太陽を
暗い砂漠の中で　眞夜私はたゞ一人の私を呼ぶ

青い眼

アポリネエル
關　義

僕は、年をとつた御婦人たちから、少女であつた頃の、彼の女たちのお話をきくのが大へん好きです。

——妾が南フランスの尼僧院にゐたのは十二の時でした。ある日、記憶の宜い、僕の好きな御婦人の一人が語るのです。

——妾たちは、そこで、世間と交渉のない日々を送つてゐたのでした。ただ、そこへは、お父さんや、お母さんだけしか訪ねて來られなかつたのです。妾たちは夏のお休みも、あの果樹園と葡萄園がある、廣い庭にかこまれた、その僧院ですごさなければなりませんでした。その僧院は、妾が十九になつて、妾が結婚するまで離れることが出來なかつたのです。妾は八つの時からそこにゐたのでした、妾は今でも思ひだすのです。世の中に向いてゐる大きな戸の下をくゞつた時を。うれしかつたこと。妾が吸ふ空氣がほんとにあんなに新鮮だつたことはありません。太陽は、今までにないやうキラキラしてゐるやうに思はれました。さうして、自由になつたうれしさが妾の咽をしめつけるのでした。妾は息がつまつて、眼がクラクラして來て、お父さんがさゝえて下さらなかつたら、側にあつたベンチに妾を連れて行つて下さらなかつたら、もう少しで倒れてしまふ所でした。それから妾は、元氣をとりもどすのに、ちよつと休んだ位でした。

さうです。妾がまだ無邪氣ないたづらな十二の時のことでした。妾のお友達も皆んな妾と同んなじことでしたけれど。

勉强と、公敎要理と、遊戯が妾たちの時間割でした。

ちようどこの時分です。妾がゐたクラスに『おしやれの惡魔』が入りこんだのでした。妾は、やがて、すぐ娘にならうといふ年頃の子供たちに『おしやれの惡魔』の敎へる利口なやりかたは忘れはいたしません。

僧院へは、妾たちにミサをさずけたり、妾たちが告悔したり、妾たちにお說敎をなされる神父さんしか、誰れも男の方は入れないのですよ。でも、その外には、妾たちに、男といふ觀念を持たせるには役にたゝない、三人の年よりの庭番がゐたのでしたけれど。妾たちのお父さんたちも度々妾たちに會ひに來て下すつたけれど。それから、あの兄弟を持つてゐらつしやる方は、男の方のことを、まるで、不思議な生物のやうに話すのでした。

ある晚、日がくれて、妾たちは、會堂から一人一人列をつくつて、寢室の方へ步いて行つたのでした。

さうしたら、急に、僧院の庭をとりまいてゐる塀の後ろで、角笛の音が聽えて來たのでした。妾は過ぎさつた昨日のやうに思ひだしますわ。深い沈默の中で、渺茫とまたメランコリツクに角笛が鳴つたら、妾たち、女の子は皆んな今までになかつたやうに胸がドキドキしたんですの。さうして、木魂して遠く消え行つた角笛の音は、どんなお伽噺のやうな行列から聽えて來たのだか妾は知りはしなかつたのですけれど。

さうして、妾たちが、あの夜、見たものはそれだつたに違ひないのです。

明る日、クレマンス・ドゥ・パンブレといふブロンド髪の子が、教室から出て行つたと思つたら、すぐ、蒼くなつて戻つて來て、隣りのルイズ・ドゥ・ブレセツクに、うす暗い廊下の隅で、今『青い眼』に會つたとヒソヒソ聲でいふのでした。すぐと、それからクラスの人たちはみんな『青い眼』がゐるといふのを知つてしまつたのでした。

妾たちに、歴史を敎へる先生（尼僧）のいふことを誰もきかなくなつてしまつたのでした、生徒は敎室で、とんちんかんな答へをするやうになつてしまつたのでした。さうして、あまり、フランス王統のことにくわしくない妾も。例へば、フランソワ一世は誰のあとをついだかと聞かれたら、更に確信もないのなのに、平氣で答へたのでした、それはシャルルマアニュの後ですと。すると、妾のおとなりの方は、妾の誤を正さうと云ふのでした。それはルイ十四世なのですなどと。妾たちはフランスの王様の年代表を考へるより、もつと外に考へることがあつたからです。皆んな『青い眼』のことを考へてゐたから。

それから、一週間もたゝないうち、妾たちは皆んな『青い眼』に出會はしてしまつたのでした。妾たちは、キラキラする通りものをみんな見たのです。本當ですわ、妾たちが『青い眼』を見たといふのは。それはすぐ通つてしまふのでした。奇麗な青いかげを投げながら、暗い廊下に。妾たちはほんとうに驚いたものですよ。でも、誰もそれを先生がたに云ふ人は一人もゐませんでした。

妾たちは、この恐ろしい『青い眼』が誰についてゐるんだらうと頭をなやめたものでした。でも、妾たちの記憶に長く尾をひいてゐる、あの妾たちを涙ぐませた、リリツクな角ぶえと、幾日か前の晩通つた狩の人たちの一人の目ではないかと、妾たちをわきたゝせた說は妾ももう憶えてはゐませんけれど、それから、それはこんな風に決まつたものです。

誰か、いつかの狩の人の一人が僧院の庭にかくれてゐて『青い眼』はその男の眼だと妾たちは考へたのでした。でも妾たちは、この『青い眼』が決して、一つ目だとも、亦、古い僧院の廊下をつたはつて飛んであるく、二つの眼だとも、身體を離れてさまよひ歩く眼だとも思ひませんでした。

この時分は、妾たちは、もういつか妾たちに呼びかけた狩人の事しか考へませんでした。さうして、これは、『青い眼』を怖がつたことでおしまひになつたのです。妾たちはいつか『青い眼』が妾たちに何故かついてゐるのだといふことを考へやうとしたのでせう。それからは妾たちをひきつける不思議な『青い眼』に會はうと宜くうす暗い廊下に出て行つたものでした。

それから、おしやれが初まつたのです。妾たちは誰あれも、インクのしみついた手のまゝ『青い眼』に見られやうとするものはなくなつてしまつたのです。みんな廊下を行きすぎる時は出來るだけとりつくろほうとしたのです。

僧院には鏡がありませんでした。妾たちの本能がすると、じき妾たちに敎へてくれるのでした。階段の中途にあるガラス窓の近くを通る時、妾たちの誰れかゞ、黑い前かけをガラス窓の裏にはつてお手製の鏡をこしらへたのでした。それから、妾たちは急いで、そこで鏡をのぞくと、髮をなほしたり、可愛いく見えるかどうか見るのでした。

『青い眼』の話は二ケ月近くも續くのでした。それから段々と『彼』にいつか誰も出會はなくなつてしまつたのでした。で、しまひには、たまにしかその話を思ひださなくなつてしまつたのです。誰かゞ再び『青い眼』の噂をするのも段々遠のいてしまつたのでした。それに身ぶるいの出なかつた話でもなかつたのですけれど。

然し、その身ぶるいのなかには恐怖も雜つてゐたでせうけれど、何か、快樂、おしやべりをしてはならない快樂に近いものも又あつたのです。

貴女たちは『青い眼』が通つたのを見たことはありませんか？　近頃のお孃さんたちは――

アナクレオンぶりのうた

阪　丈　緒譯

をとめに

タンタロスの　むすめは　いしとなつて
フリギアの　きりぎしに　たち、
パンヂオンの　こは　はねをはやし
つばくらと　なつて　とびたつた。
わたしは　かがみにでも　なつて、
あさゆふ　あの　めに　みられたい。
をとめごの　きぬとも　なつて
その　みに　つけられて　ゐたい。
みづと　なる　すべも　あるなら、

あの　はだを　きよめやう　ものを。
らんじやととも　なつて　をとめごの
ころもに　たきこまれやう　ものを。
おびとなつて　ちの　したを　しめ、
たまと　なつて　うなじに　まかれ、
また、くつと　なつて　いちどでも
あの　あしに　ふまれて　みやう　ものを。

（二二）

ゑひたる　をのれに

ほつといて　くれ、おねがひだ。
さかしら　せずに　のめや　のめ、
よひしれる　まで　のめや　のめ。
アルクメオン　よつて　ゐたし、
オレステスも　よひしれて
はゝを　ころしたのだ　とさ。

おいらは　だあれも　ころさない、
たゞ　この　あかい　さけを　のむ。
よひしれる　まで　のめや　のめ。
ヘラクレスも　よひしれて、
イフィティオスの　ゆみを　とり
えびらを　ふつて　あばれた　とさ。
アイアスも　むかし、よひしれて、
ヘクトオルの　まくらがたなを、
たて　もろともに　ふつた　とさ。
おいらは　てには　さかづきを、
かみには　はなを　かざす　けれど
ゆみ　や　かたなに　ようは　ない。
よひしれる　まで　のめや　のめ。

（八）

附記。括弧内の數字はベルク本の番號を示す。

「白紙」抄

コクトオ
山澤種樹

一四九二年十月十二日、クリストフ・コロンブはアメリカを發見した。この見つけだされた子供は生長して行つた。數年以來、我々の藝術家たちさえもその影響の下に仕事をした。音樂家はラグタイムを、畫家は鐵と石を、詩人はそのビラ、廣告、フイルム等を取り入れた。

吾々の中で、黑い禮拜物とモオタアの混合物である新しいエキゾチスムを最もよく實現したのはブレエズ・サンドラアルである。彼は流行を追ひはしない。彼は流行と共に存在してゐるのである。彼の作品の中に、この材料の使用は適當してゐる。彼は旅行した。彼は見るのであつた。彼は證言する。彼はアメリカから、戰爭から、黃金をさがす人の歩きぶりで歸つて來た。さうして彼は我々のテエブルの上に金鑛を投げだす。彼は彼の傍は小刀を突きたてる。彼には一本の手しか殘つてゐない、左の腕が。もう一つの腕は砲彈がもぎとつてしまつたのだ。いろんな詩が鄰しい色彩で色どられるために數々の言葉がそこからわきでゝ來るやうにと戰爭が彼の腕を切りつめたやうに思はれる。我々は「よひどれ船」の後に本當のよひどれ列車「シベリア橫斷」の散文を得た。海のさ中に、暑さの中に、いろんな色のついた鑵詰がたゞよふ。鑵詰を拾ろひ上げる。鑵詰を開けてみる。鑵詰は詩をつめこんでゐる、「パナマ、或ひは私の七人の伯父の冒險」。

ジヤズ・バンド。けれども、そこにはもつと何かゞあつた。人間の長い溜息を發するサキソホオン。

サンドラアルの一行一行は消すことの出來ない刺靑《いれづみ》である。

僕は機械を崇拜するものではない。言葉「近代《モデルヌ》」は僕にはいつも眞實に思はれる。電話の前にひれ伏してゐる土人のことを考へる。

機械が看視人なしには莫迦なさうして危險な獸であるといふことを除いても、僕には完全に後《あと》ずさりをした上で其を見ない譯には行かない。この角度からはロオルスロイスは自動車であり、スペエドは汚い機械的な鳥でしかない。更に進歩は進み、更にガロップをともなつた吾々のエスプリは進歩に先だち、過をふり返る。獨逸から逃亡したガロは僕に云つた。「僕が今日見いだす飛行術と、僕が囚はれてゐた時の飛行術の相違は僕を驚かす」機械におどろかされ、夢中にされてゐることは、神々に苦められてゐるよりもつと味氣ないリリスムである。ガブリエル・ダヌンチオは機關車を見ながら「サモトラアスの勝利」を考へ、マリネチイは「サモトラアスの勝利」を見ながら機關車を考へる。何といふエスプリの狀態であらうか。

然し、機械の美を理解しないのは弱さである。其の罪はリズムのレツスンを、把握する代りに、總てを迫奪した機械を描寫することにある。進歩は我々に尙も示す。例へば、我々には簡單にしか見えない構造や改善を。

エツフエル塔は機械の女王であつた。女王のやうに彼の女は働かなかつた。今では彼の女は電信局のお孃さんである。彼の女は今では役にたゝない無數の鐵屑を接なぎ合はしてゐる。今日、彼の女を建てるとしたら全く別のものであつたらう。彼の女は自轉車やヴアルツ・ブルウやモダン・スタイルの燒繪の時代にラリツクが賣りつけた建築樣式のあわれさの一つに似てゐる。自分を近代的だと信じてゐる人たちは、あの有名な「我等中世の騎士」に相應してゐる。ドランやピカソやブラツクのやうな畫家たちは近代的であることなんか夢見はしない。その彼等の態度は新しがりを困まらせる。彼等はドランのニンフや、ピカソのパイプや、ブラツクの壺がタイプライターと同じやうに近代的であることを感じない。レジッエの機械は彼の畫きかたによつてのみ生き、ピカビアはギュスタアブ・モロォが寶石を愛したやうに鐵釘を愛する。機械は彼を感動させない。

一五六六年頃かゝれた古い物語の飜譯

スタンダール
吉野利雄

ジャン・ピエール・カラファはナポリ王國の一貴族の末裔と云ふが、彼のする事なす事は恐ろしく粗暴で粗野なものだつた。云つて見れば、丁度、羊の番人にむく様な男だつた。そのくせ彼は、長衣をまとふ僧侶の身となつて、若い頃ローマに行つた。そこで從兄でナポリの樞機官、大司教であつたオリビィエ・カラファの贈入りでどうにかやる中に、偉人、アレキザンドル六世が彼を侍從に採用した。次いでジュールニ世の時には、ジィーチィーの大司教、法王ポールの時には、樞機官となり、遂に一五五五年五月二十三日には敎皇選擧會場に閉ぢ籠つて樞機官達が激しく陰謀を企らし論爭を闘はした後、彼を法王に選びポール四世と稱した。この時彼は七十八才だつた。然しやがて、彼を聖ピエールの座にすはらせた人も、自分達が一身を捧げた師が冷酷で殘忍な嚴しすぎる心の持主であるのを見て戰慄した。

この思ひがけない任官の報が傳はると、ナポリ、パレルムでは反對運動が起つた。しかしそれから幾日も過ぎぬ間にローマにはカラファ家の人々が着いてゐた。そしてそれらの人々は皆身の振り方がついたが、人情として法王は特に三人の甥――兄モントリォ伯爵の子だが――を拔擢した。

長子　ドン・ジュアンが、パリアノ公爵となつた。公爵領はもとマルクアントァンヌ・コロナの有であつたのを奪取したもので、澤山の町村が含まれてゐる。次子ドン・カルロスはマルトの騎士で軍事を事としてゐたが、今度樞機官とボローニュの特派大使それに首相を兼ねる樣になつた。この男は決斷力に豐富であつたが一方には家風に忠實な男だつた。その上に世界最强國王（卽ちイスパニヤ國王フィリプ二世を指す。）を撤底的に憎惡して、その例證をならべたてた。三子ドン・アントニァ・カラファは妻子のある身であつたからモントベロの侯爵となつた。かうして三人の身を定めてから、法王は最後にフランスの皇儲でアンリ二世の子フランソァに自分の姪を娶はせて、イスパニヤ國王フィリツプ二世から取上げたナポリ王國を與へやうと畫策した。之と云ふのも讀者の知られる通り、何か失敗の種を探しては侵略をくはだてやうとする强力な君主をカラファ家が極度に恐れた結果である。

ポール四世は世界で最も有力で、當時はイスパニヤ王國をも凌いでゐた。聖ピェールの椅子に上つてからは彼の後繼者が行つたと同樣、彼もあらゆる美德の範をたれた。彼は偉大な法王であると共に立派な聖者であつた。と云ふのは彼は敎會內の澤山の悪弊を匡正しやうと努めて、ローマ朝から開催を望むで來て結局は政治界の偉人達の容喙《くちだし》を蒙つて了ふ宗敎會議を避けたからであつた。

當時法王領は、三人の甥が政治を專らにしてゐた。樞機官は首相であつた關係上叔父の意志を施行し、パリアノ公爵は敎會軍の總帥となり、宮中近衛兵の隊長のモントベロー侯爵は彼の氣のむいた人々以外は宮中に入らせなかつた様な始末だつた。彼等は益々專横になり、自分等の政府に反對する家族の財物は沒收して自分達のものとした。然し人民達は、正當な裁決を仰ぐには何處に依賴してよいか知らなかつた。三人の横暴は之に止らなかつた。單に財產のみではなく、遂には、貞淑なルュクレースを生んだこの土地で口に出すのも恐ろしいもの迄脅かすやうになつて了つた。云ひかへれば市民の妻も娘もその純潔性は保證されなくなつたのだ。こんなわけでパリアノ公爵等三人が、非常に美しい婦人を見つけ出して來たのは勿論の話だ。實際三人の氣に入るなんて、人々には反つて大きな不幸だつた。三人の所行はあきれかへるばかりで、これでも貴族の血を引いてゐると考へる者は一人もなく、まして尊敬を拂ふ者は一人もありはしなかつた。こんな具合で、三人はきよらかな僧院の隱遁生活にはスツカリ嫌氣がさしてゐた。人民達は絕望の極に達し嘆をもらすすべもなく途方にくれた。三人の兄弟が法王に近寄る何物にもよらず、與へた恐怖は、此の如く大きなものだつた。何しろ法王の使者に對してすら傲慢不遜の態度が多かつた。

　公爵は叔父が未だこの地位につかぬ以前に、ヴィオラント・ド・カルドンヌと結婚した。この女は、イスパニヤ國王の本家の血統でナポリ王國の貴族の筆頭の娘だつた。

ヴィオラントは稀な美貌としとやかさとで知られてゐたが、又自尊心の强かつたことでそれ以上に有名だつた。

彼女はアリオストのオルランド、ペトラルクのソンネ、ペコロンのコント等をおぼえてゐてこれらを愛誦した。

彼女は心にフト思ひ浮んだ突飛な考を人に物語るとき、たまらなく相手の心を魅惑する力をもつてゐた。

　彼女にはカヴィー公爵と云ふ息子が居た。彼女の兄のデー・フェルラン（アリック伯爵）は、義弟が高い地位についてゐるのでローマにやつて來た。

そのパリアノの公爵の邸宅は宏麗なもので、ナポリ一流の家庭の青年男女はそこに出入しやうとして色々の奇策を弄したものだ。公爵と親しくしてゐる人の中にマルセル・カッペスと名乘る男が居た。彼は衆人に勝れた才智と天賦の美貌をもつてゐた爲、ローマの人々はまつりあげて特別な待遇をしてゐた。

モントベローの侯爵夫人の近い身寄で三十才になるディアヌ・ブランカシォは公爵夫人の氣に入りだつた。ローマの人々は「公爵夫人もこのディアヌには威張り散らす樣子もなく祕密迄打開ける」と噂してゐた。しかもこの祕密たるや皆政治に關係してゐる事ばかりだと言ふのだ。それほどディアヌと云ふ女が氣に入つて、他の方をかへりみもしなかつた。

カラファ樞機官の言に從つて、法王はイスパニヤ國王と戰を開いた。そこでフランスの國王は法王軍を援助する爲にデュック・ド・ギーズの率ゐる軍隊を派遣した。

こゝで私達は、パリアノ公爵の邸宅に起つた事件に氣をむけておく必要がある。

カッペスは、餘程以前から狂者の樣になつてゐた。人々は前々からとんでもない事をやらかすのではないかと氣づかつてゐたのだ。そのタネを洗つて見れば、この男は公爵夫人に夢中になつて了つてゐるのだが、胸の中をぶちまけられない苦しい破目になつてゐると云ふ事があるのだ。けれど、「俺の目的はとゞく見込がない。」とこの男はあきらめてゐたわけではない。そのわけは夫が自分を蔑にしたといふので氣を腐らしてる夫人を彼はよく見たことがあるからだ。

一體、パリアノ公爵はローマでは非常に權力があつた。殆ど毎日のやうに折紙附の美人達が邸へ夫に面會にくることを知つてゐたが之は夫人には耐へられない侮辱だつた。

ポール四世の法王朝の牧師の中に、法王と一緒に聖務日禱書を暗誦《そらん》じた立派な僧がゐた。この男は一生棒にふる積で（恐らく尻押はイスパニヤの法王の代理だらう――。が）一日夥共の悪事の数々を全部あばいて了つた。それを聞き知つて法王は傍目も氣の毒な程歎いた。實の所法王としても信じたくはなかつたが、あらゆる方面から動し難い證據が上つてくるのでどうにもしやうがなかつた。一五五九年の元日に、それまで幾分迷つてゐた法王の態度をはつきりさせた事件が起つた。その日は丁度キリスト割禮祭當日で、敬虔な主權者の前で過失を嚴罰にすべき場合であつた。又一方ではパリアノ公爵の祕書役アンドレ・ランフランシはカラファ樞機官を招いて立派な御馳走を出し、事の席にはローマの上流社會に出入する美妓の中裕で有名で美しいラ・マルチュシアを侍らてゐたのだつた。運命は皮肉だ。この女に公爵の寵臣で、公爵夫人に思をかけてるカッペス――この男は世界の都ローマで一番美男子で通つてゐる――が前から首つたけだつた。その夜彼は彼女に會へさうな所を探し歩いたが、何處にも彼女が居ないのでしよげかへつてゐると、ランフランシの所で今夜晩餐會があると聞込み、きつと其處にゐるに違ひないと見込みをつけ深更ではあつたが武裝した人々をつれて乘込んだ。

扉が開いた。彼は饗宴の席に導かれて、椅子を薦められた。然し彼は人々と二三堅苦しい挨拶を交はすとラマルチュシアに目顏で席を外して何處かへ行かうと合圖した。之にはマルチュシアも困つてしまひ、もし彼に順へばどうなることかもおよそ見當がついてゐたので躊躇してゐた。するとカッペスが席を立つてきて近づきざまに手をとつて拉し去らうとした。「あの女は俺の爲に此處へ招ばれてきたのだ。」といふ頭のある樞機官がどうして肯じやう。激しく反對したが、カッペスも讓らず、强硬く無理にも室外に連れ去らうとした。

その夜樞機官兼首相のカラファは官服を着てゐなかつた。彼は劍を拔いて勇氣一杯で「行つてはならぬ。」と叫んで反抗の氣を示した。（彼が勇氣のある事はローマ全體に知れわたつてゐた。）カツとしたマルセルは遂に連れてきた者共を亂入させた。がその大部分はナポリ人だつた爲、先づ公爵の祕書役を見、次に變な衣服をきてゐてわからなかつたが樞機官だとわかると劍を鞘にをさめて爭はうともせで反對に鬪爭を鎭め樣としかゝつた。この騷の間にマルチュシアは人々に取圍まれマルセルに左手でつかまへられてゐたが、巧にそれらを脫け出した。マルセルは彼女が何時のまにか居なくなつたのに氣がつくと直ぐ後を追つた、人々もその後に續いた。

夜の闇はこの妙な出來事を十分にうまく料理して了つた。そしてあければ正月二日の朝にはもう都中は法王の甥とマルセル・カペスとの間におこつた、すんでの所で血腥い風を吹かす所だつた鬪爭の話でもちきつてゐた。敎會軍の總帥パリアノ公爵はこの事件を事實以上大きく見た。彼は弟の首相とは仲がよくなかつたのでその夜の中にランフンシを拘引させた。すると一方ではマルセルが自身で投獄されて了つた。そこで始めて人々は誰も命をなくしたものもなかつた事、この投獄事件は樞機官にふりかゝる不正事を增すにすぎない事に氣がついた。人々はこの囚人を出獄させ樣とあせり出し、三人兄弟は事件を揉消さうと力をあはせた。彼等は始め之はうまくゆくと思つたが、事件がおこつてから三日目に總ては法王の耳に入つた。

一月五日法王朝の聖省に多くの樞機官を集めた法王はこの醜い事件の要領を話して、如何にして彼等がこの事を知らうと努めなかつたか尋ねた。

——貴方方は何故口を切らぬのです！事件は貴方方に與へられた崇高な神性にもかゝはつてはをりませぬか！カラファ樞機官ともあらう者が世俗の衣服をまとひ劍をさげ公衆の面前に出るやうなまねをなぜしたのですか？

何の目的があつてのことですか？　娼婦を捕へる爲ですか？……と。

法王が首相に對する批難をのべてる間その場に居た侍臣の守りつゞけた深い沈默が想像出來る。そこに話をしてゐるのは可愛い甥に叱言を云つてゐる八十才の老人であり、今迄は意志の人で通つてきた人だ。

自分の憤怒をならべてゐる内に、法王は彼の甥の職を剝奪すると口に出した。

トスカノ大公の使者が又樞機官の最近の不遜な態度をこぼしたので法王の怒は相當根强いものとなつた。めき〳〵と賣出しの樞機官が例の通り事務の爲法王朝に參內すると、法王は彼を控室へ待たせておいたまま四時間餘りも棄放しにしておいた後、會ひたくないと云つて追拂つて了つた。首相の强い自尊心がどんなにそれを忍んだか想像に餘りあることだ。樞機官はカツトなり反抗がこみあげた。彼はこう思つてゐた。——年をとつて耄碌した人、そしてその爲に已れ一家のことだけ一生考へる樣なつて了ひ、世上の進捗には全く不慣れになつて、今となつては俺のこの潑溂たる活動性にたよる外には道のない筈だのに——と。法王の德性は崇高なものだつた。彼は多くの樞機官を呼び集め長いこと一言も云はず見まもつてゐたが、終に淚をながしてためらはず一同に謝罪した。

——年のとつてゐる爲と、貴方方の知る通り總ての濫費を省く爲と、又宗敎上の事業にのみ氣をくばる爲とで私は甥等に俗事に關する全權を委ねたのです。その權力を私の甥等は此のやうに濫用したからには、此の土地から永遠に追放し去る樣きつと取はからひませう。と。

其の座に居合せた人々は法王の祕書をよんで甥等が總な高位高官を取上げられて、荒はてた村落に幽閉された事を知つた。樞機官はシビタ・ラビニアにパリアノの公爵はソリアノに侯爵はモントベローに流されたのだつた。祕書によると、公爵は七萬二千ピアストル（一八三八年の百萬フラン以上に相當する）にも上る年金も取上げられて了つたのだ。

　此の嚴命には從ふも從はないもなかつた。と云ふのは苛酷な監督を受けてゐたローマ全餘の人民はカラファ一家を蛇蝎のやうにいみきらつてゐたからだつた。

　パリアノの公爵は義兄アリッフの伯爵とレォナル・デル・カルディヌを伴つてソリアノの寒村に身を落着けたそして公爵夫人と母はソリアノの村から小二里ばかり離れたガッレズと呼ぶうらぶれた村に移り住んだ。

　移りすんだ土地は夫々美しかつたが、今は流されの身だ。つひ先頃迄人もなげな振舞をしてゐたローマから追はれきた身なのだ。

　マルセル・カッペスも外の侍臣と一緒に夫人の流された土地にやつてきてゐた。僅か數日前迄はエラク勢力があり己れの地位を利用して豪奢に立まはつてきたこの女も今は自分の周圍に全ローマの讚仰の代りに單純な農夫等の姿を見るのみだつた。彼等農夫が驚異の眼をもつて見る時しみ〴〵と「落ぶれたものだ」と感ずるのだつた。彼女には何の慰もない。叔父法王は年老いてゐるから、甥三人を呼返すより先に死に襲はれて了ふだらうし、兄弟三人は自分達でもこまりはてゝゐるこの際に尙睨合つてゐる有樣だ。それに公爵と侯爵は樞機官の激しい氣性も察せずに突飛な言行に恐れをいだいて法王にそれ等を通知なぞといふ噂さへ傳つてゐる位だつた。

　法王の不興を竄つてゐる最中に、カッペスがラ・マルチュシアの後を追つたのは眞に愛してるからではなかつたのだとの話がローマでひろまつた。之は公爵夫人にもカッペス自身もまことに具合の惡いことだつた。

　一日夫人は用事をいひつけるので彼を呼ばせた。彼が入つてきてみると彼女一人で居た。こんな事は恐らく一年中を通じて恐らく二度とはなかつたらう。カッペスは夫人が招じ入れた室に誰も居ないのを見て、堅くなつて默りこくつてゐた。彼は隣室に話を聞いてる者がゐはしないかと扉の所迄行つて確めてから喋舌りだした。

——突然厚かましく嫌らしい事を申上げる樣ですが、驚きなされずに又御立腹なさらずにお聞き下さい。久しい以前から私は貴女を命にもかけて御慕申しゐたのです。左樣ですとも、隨分愚かしいことですが自分では戀人にでもなつた積で、貴方の神々しい美しい御顔をみつめた事もありました。でもその過を私におしつけ遊ばしてはなりません。私を大膽にしあの行動をさせたのは私以上の自然より大きな力がそうしむけたのです。私は苦んで居ります。私の胸の火はいかが上にも燃え上つて居ります。然し私を燒き盡すこのあつい思だけでは慰められは致しません。唯々貴女の寛大な御心で不實な冒德漢を哀れな存在だと思ひ下されば滿足なので御座居ます。

夫人は矢張驚いた。それ以上腹を立てゝ、

——マルセル！　汝《そなた》は何をつけこんで其の樣な事を云ふのです？　よくもそのやうなことが言はれたものですネ？　妾の生活なり話し方なりに禮節のかけた所が斯々あるとでもいふですか？　こんな無禮の言葉をはくからには汝《そなた》は何か楯にとる確かな證據をつかんでの上の事なのですか妾が夫以外のお前とか他の人に身を委せる樣な女と御思ひなのですか？　今日は取のぼせたせいでせうから、妾の胸にたゝんでおきますけれど、二度とこのやうな間違ひをしないやうにしておくれ。それでもすることがあると二度分の罰を加へますからお氣をつけなさい。

夫人は眞赤になつて怒つて、云ふだけ云ふと、サッサと行つて了つた。實際カッペスは用心がたりなかつた。感でゆかねばならないのに、口に出していつて了つたのだ。彼は困りきつて夫人が公爵にこのことを告げはしないかと按じた。

然し結果は彼が懸念してゐた事とは全くかけはなれてゐた。田園の孤獨の中にゐるので、自尊心の强いパリアノの公爵夫人はとう〳〵或る男が言寄つた事實を氣に入りの侍女ディアヌ・ブランカシオにぶちまけて了つた。ディアヌは三十女だが熱情の塊だつた。彼女の髮は赤かつた。(史家はディアヌの馬鹿げた事を説明出來さうなこの事情をよく引あひに出す。) 彼女はモントベローの侯爵附の貴族ドミチアン・フォルナリに大變思召しがあつて、一緒になりたかつたが、彼女と血のつながりのある侯爵夫妻が、現在自分等に仕へてゐる人の男と結婚するのを同意する時があるだらうか? この邪魔物が少くとも外見上は打勝ちがたいものだつた。

此處に唯一つ成功の道があつた。それは侯爵の兄パリアノ公爵の方から信頼出來る口をきいて貰ふ事だらう。これはディアヌには望のない事ではなかつた。公爵は彼女には召使としてより身寄のものとしてたいしてゐた。彼は氣が質朴な親切氣のある男だつた。そして彼の兄弟程几帳面な禮式に拘はらなかつた。公爵は高い地位を利用してうまい事をやつたり、夫人にかなりつらく當つたりしたとは云ふが彼が夫人を愛すのも相當濃やかなものだつた。外面からうかがふと彼はむしろ彼女に少し頑固に哀願されるとはねつけかねて了つたらしい。

カッペスが公爵夫人にした告白は沈み勝ちなディアヌには思ひがけないすばらしい幸福に思はれた。彼女の主人は貞淑の譽の高い婦人だつた。もし夫人が思ひをかける事があつたり、間違をひきおこしたならば、その度毎にディアヌの手を借りなくてはならないだらう。そうなるとディアヌは相手の祕密をおさへることになるから、何でも思ふが儘になるだらう。

しかしディアヌは最初から彼女自身に果さねばならぬ自分自身の用件なぞを話しはしなかつだ。唯ディアヌは突然熱情の激昂に委せて公爵夫人にマルセル・カッペスに就いて喋舌り出した。それが丁度ドミシアン・フォルナリについて自分自身に話してるやうだつた。一人で喋舌りきつてる中に、彼女は悲しげな哀れなマルセルの優しみと美貌を毎日夫人の記憶に蘇らさせる一計をあんじた。それで次の様な事を口に出した。

『マルセルは夫人と同様ナポリの一流の貴族の出で彼の擧動は血統にふさはしく氣高いもので、彼の愛する女の配遇者となる條件で缺けてゐると云へば、日々彼が氣まぐれな幸運から得る財産位のものだ。』

この話の結果は夫人が彼の對してもつてゐた信頼を大きくしたのを知つて、ディアヌはよろこんだ。

彼女はマルセル・カッペスの身におこつた事を怠らず夫人に知らせた。夏の日の暑い眞盛りは夫人はガッレズの周りにある森の中をよく逍遥した。で日暮れがたには森の中央にある美しい岡にのぼつて涼しい海風にふかれた。そこからは二里ばかり離れて海が見えた。

作法のやかましい道にそむかぬ様にマルセルはこの森の中にゐた。そして彼は隠れてゐて、ディアヌ・ブランカシォの話で夫人が心を動かされたとみえる時だけ彼女の目の前に出るやうにしたと云ふ事だ。その合圖はディアヌがしたのだつた。

ディアヌは夫人が胸の中におこつた、おさへきれぬ熱情にかまけたのを見てとつて、自身もドミシアン・フォルナリが吹きこんだ強い戀心で一杯になつて了つた。その瞬間から彼女は彼と夫婦に必ずなれると思ひこんだ。然しドミシアンは若いが經驗をつんだ男で冷い性格の所有者だつた。そして愼み深くもあつた。癇性の強い彼の女主人の激怒は彼には間もなく不愉快なものに思はれたのだつた。

ディアヌ・ブランカシォはカラファ家の近親である。彼等の戀愛上の僅かな關係でも、パリアノ公爵の弟ではあるが事實は一族の長であるあの恐ろしいカラファ樞機官に達したら、きつと首を切られて了ふと思つた。

公爵夫人はその前にカッベスの熱情に負けた。たまたま人々はドミシアン・フォルナリがモントベロー伯爵の流されきてゐるこの村に居ないのに氣がついた。彼は姿をかくして了つた。後になつて、彼がネッチュノ小さな港から船にのりこんだのを知つた。恐らくは彼は姓名を變へてゐたらう。それ以後の消息は杳として知れなかつた。

ディアヌの絶望を誰かよく畫き出すものがあらうか？　（未完）

さんどりよんの唾

ESSAI DES IDÉES IDIOPATHIQVES

片岡十一

★

十九世紀末のレアリスムと精神病理學の發見は往昔の天才から偉人の金箔を剝取つて了つた。

ダギンチの均整、ラフアエロの圓滿、ミケランゼロの力――むかし天鵞絨の上衣にベレを帽つたエコール・デ・ボウザアルの學生連がカルチエ・ラタンの甃石を歩みながら胸に描いたものを心理學の發達は一並びの憑かれた肖像畫に變へてしまつた。

その變り彼等の惡德は黴の光澤に似た莊嚴な光芒を放つた。

だが結極、我々はラフアエロの弱氣は愛するとしても、もうミケラゼロの人格にもダギンチの構圖にも一つの「纏つたもの」を認ることが出來なくなつた。

寧ろ我々はジヤン・フアン・アイクの描いたエデンの林檎の樹に、過去と未來、希望と絶望の一つになつた人間の悲哀の薄光りを沁々と眺める……。

セヱリニは立體派の隆盛時代には最も嚴肅な理論家だつた。キリコも或る時はドストエフスキイの樣に神經質だつた。コクトウはキユリオジテの博物館に敬意を表した。

僕はフロイドの學說に未だ古いエステエトの夢を抱いて居る。


子供は眠りにつく前に不安な喜びを感じる。それが美學者に殘された最後の氣持である。

之から後、人類はまだどんな夢を見るのだらう。美學は晝間の埃と共に溶けて了つたが……。

☆

サンタ・アヌンチアタ寺の內陣に若いバルトロメオは聖母の像を描いて居た。ところでバルトロメオの力では如何しても聖母の顏の部分を描くことが出來なかつた。バルトロメオは疲勞れていつしか眠つて了つた。眼が醒めた時、若い畫家はいつの間にか出來上つて居る聖母の顏を見て愕いた。暗い內陣の中で畫像の顏は黃金色の光りを放つて居た……。

バルトロメオが眠つて居る中に聖母の顏を描いて行つたのは聖ルカである。何故聖ルカは業々馴れない繪筆なぞを手にしたのか。それはルカが生前からマリアの知り人で、マリアの業蹟を精しく書き殘した唯一の福音作者だつたからである。

……若し此の傳說が眞實だつたとしたら、バルトロメオはどんなに古聖人のおせつかいを奮慨したことだらう。

ピカソは製作の心得を、徒らな探究を捨て、自ら發見したところのものを描いて行くのだ、と言ふ。ところで凡ゆるキリスト達の言葉（求めよ、さらば與へられん）を直ちに信じることが出來るだらうか。彼等はその（與へられるもの）に滿足を保證しては居ない。

ピカソは眞實を發見する爲にはキリストの弟子達と共に「狹い門」を潜る必要がなかつた。彼は藝術家のフォリイに安心して居た。キリストさへガラリアの空に、銀色の翼を肩にかゞやかせて行く天馬の飛行を見た、ことを知つて居た。

パンタグリュエルの塔つた船の中では今日も盛んに談論が戰はされて居る。彼等は今し方通つた海の上で、空宙に凍つたネフエリバアトの言葉が溶けるのを聽いたところだつたので話柄は此の不思議な一族の上に轉々した。

だがネフエリバアトの宗敎に關してはさすがのパニユルジユも詭辯を弄する手だてを知らなかつた……。

Petits pcèmes en prose の作者は十九世紀の頃、巴里に住んで居た一二のネフエリバアト族と信交があつた。或る晩、夕飯に招ばれて行つた詩人は食器棚の隅にアンサンの匂ひのする古書を見付けた。「夫れが私共の聖書なので御座いますよ。」ネ氏の夫人にさう言はれて詩人は好奇の眼を輝かしながら開けて見ると第一頁にはこんなことが書いてあつた。

――凡ゆる聖母傳說は退歩なり。

然し眞理は發見されても直ぐ役には立たない。眞理が役に立つ迄には何世紀かを要する。だが結極役に立てば幸ひではある。

近代人は眞理に世俗のカテゴリイを與へることを覺えた。

兎に角僕達はすぐ役に立つものが欲しい。
で、デヤン・コクトウは我々の心に用意されて居るものを使ふことを發見した。

☆

エピクロスの靈は屡々フラ・フィリッポを訪れた。殊にパトロンのコスム・ド・メヂチの邸では仕事中の彼を窓から連出して了つた。ヴザリの記すところに依れば、リッピは聖母像のモデルに頼んだ少女を誘拐したりしたが、彼には一脈のプュエリスムがあつたことを認めねばなるまい。（ルミ・ド・グゥルモンはエピクロスにそれを見付けた。）　彼はヘロデアドの娘の悲哀を心に抱いて居た。

僕は青い僧服の裾を風に飜へしながら黄昏の空を飛んで居た。一ところ雲切れがしてシチリアの谿には靜かな夕日がさして居た。若い山撫の樹の下に一人の男が丹念に鑿を動かして居るのが豆のやうに小さく見える。あの男はエトルリヤの海で取れた蟹の甲羅を潰してプリアップを塗るのかしら。いや、あれは悪質の大理石の粉にまみれた佛蘭西のアナルシスト　マルセル・シュオッツブです。飛違ひさま一羽のキュリピイが何處かきしむ様な聲で答へた……。

僕は恐ろしい旋風の中を鼻を塞ぎながら通つて行つた。灰色の雲のかたまりが何萬尋の深さに渦を卷いて居た。その中で、戰爭の輾る音や甲冑の觸合ふ音、エポオペを書いたルウロオの翻つてはためく音がきこえた。數萬冊の古書が紙魚の匂ひをさせながら枯葉蝶のやうに群飛んだ。數十世紀の間人類の尊崇威念を占めて居た偉大な一群が北を指して引上げて行く……。

嵐が過ぎて了ふと僕は鹿の聲も聽えぬ靜かなセヂエストの神殿に夜と共に降りて一行の來るのを待つた。やがて穩やかな跫音が聽き初めて、眞珠母のやうな彼等の行列がリユウトを持つた聖セシリヤを先頭に立てゝ來た。彼女の裳裾がふれる度に彼女の心に似た茨の露が七色の虹を放つた。

……行列の最後列にハジヤックを着た一人の老人が握り拳を鵞ペンを革帶にさした腰に當てゝ従いて行く。四つの角をもつ頭巾の下に齒の抜けた唇を引きしめてゐる其の顔を見ると意外の感に打たれた僕は、メエトル・ジエロオム・ボツシユ！　急いでさう呼びかけながら後を追つた。

悪魔は僕に美學を敎へやうと言つて、僕にラボラトリイを拵へてくれた。

僕はボツシュの「樂慾の園」の中央に電氣をつけて仕事を初める。

藝術家は誰でも傳說を抱いて居る。其の傳說は心の故鄕を物語る。薔薇色の日の光りさへ古びを帶びた永遠の聖日……奇蹟と神祕がその傳說の特徵である。或る詩人の心臟の中にはいつも冬ざれた茨の木がたわゝに花をつけて居る。或る畫家の腦幕の裏には羽蟻のやうに小さなアポロが黃金の車を走らせてゐる。

⁂

藝術が一つの纒つたものだと言ふことは誰ももう（少くとも藝術家自身は）信ずるものは無くなつた。だから誰ももうランボウが藝術を捨てたなぞとは思はない。唯、彼がぎごちない人生をエステチツクを、古ぼけた聖書を捨てるやうに捨てやうとしたことは事實だとしても……。此の若い英才も切子型の心の底に自分の Race を感じて居なかつたとは言へない。たゞ彼はネフエリバアトの後を追つた。

ドストエフスキイは露西亞人であるが爲に羅馬加特力を否定した、ヴォルテェルは獨逸語を痛罵した。ゲエテの英才は國境の隔りを近づけ確りした腰つきでそれを飛越えた。而も旅中の此の偉人には獨逸風が、彼の故鄕の公爵領の田舍風の氣質が着纒ふて居た。

だが此の三人の天才の中、ひとりとして自分の故國に凝と腰を据えて居たものは無い。

コロムブスの遠眼鏡の端に映つてゐたのは彼自身の心が妄想の華を縫取りした故鄕の景色であつたらう。

ルネッサンスの伊太利の畫家達は凡ゆる奇蹟を己れの生れ故郷の町の日の當つた甃石の上に再現した。チシアンの畫にはフロレンス風のォルトペヂイは無い。彼は彼等の境上に吟逝した往昔の詩人のエグロォグやビュコリックの世界を愛した。

空にかゝつて居る杉皮のやうに堅い雲は敷布の要らない食卓だ。キリコは其處に寢そべつの胡栗と桑の實を食べ杏色の葡萄酒を呑み眼の下の鳥瞰圖にブリヤ・サヴランの論法を愛した。彼はアクロポォルさへも食物のやうに眺めた。

アンドレ・ブウシヤンは往昔ニユウレンベルヒの街の風見の矢に腰かけて居た一匹の小悪魔を耳の穴に飼つて居る。

……林檎酒の味のするたびに雪の降りさうな黄昏、見世物の繪看板に地に墮ちた神々がふるへながらポォズを取つてゐる。早く婦人衣裳屋へ行つてストォブにあたらせて貰はう。

セヱリニのポリシネルは傷ましい彼の人生である。あの靜物の中に居る二羽の青鳩は彼の理想かも知れない。それも傳說の中の……。

或る晩……寂びれた町の計量器屋の飾り窓の二つ三つ雲型定規を吊した沁の出た壁紙の上に、僕はアレニウスが銀河のあたりに見たものを見た。

Musique に關する斷片

伊藤昇

『あらゆる藝術の分野に於て、音樂は最高の藝術的價値を有するものである』とは世界を通じての定義である。然し乍ら、通常器樂獨奏、聲樂、合奏、合唱、歌劇、サンフォニー等を一と纒めに指して一般的には唯音樂と云ふ呼稱を與へられてゐるに過ぎない。

（但し、これは文學に於ける種々の場合と同樣である。）

この音樂と名付けられるもの丶種類の內には、かなり藝術的價値の低いものも含まれてゐる。

例へば、世界的に勝れた表現技巧を持つ或る偉大なヴィオロン獨奏家が、或る一つの變奏曲を、第一主題から演奏を始めて指盤の上に四本の指が物凄く踊り廻つて、聽衆に呼吸も吐かせない樣な素晴らしい演奏を聞かせたとする。然しこれは藝術では無い、一種の奇術である。

弓が駒の上を跳ね廻る新歸朝の手品であつて、獨奏者の技巧を見せる爲めのものである。

（歐洲で偉大な演奏家と云はれてゐたパガニーニも一箇の奇術師であつたに過ぎない。）

更に、變奏曲などといふものは、音樂學校の作曲科に席を有する學生が敎師の指導の下に、與へられた主題に對して作る解答であつて、作曲技巧の爲めの練習曲である。(麗々しくプログラムや、ステージに載せるものではない。)

交響樂に於ける標題樂は矢張りこれとは別な意味でその價値が低下する。

Arthur Honegger の『機關車二百三十一號』『ラグビイ』等もその一例である。

前者は、靜止してゐる機關車の形態から共運動、更に漸進から全速力で走る狀態に迄至り、鐵橋に差掛かると氣笛をも鳴らしてゐる。

これは標題樂の內でも殊に下級な描寫音樂の範圍に入つて了ふ。描寫音樂といふものは最近亞米利加邊りから生れたトーキーと同じ樣なもので、純粹の藝術音樂ではない。

後者も同じくラグビく選手が二十日鼠の如く競技場を駈け廻る有樣を描いてゐる。

彼の標題樂でも『夏の田園』にはこれ程の現實曝露はない。此彼の出世作は綺麗に纏まつた氣品の高い純藝術品である。

Maurice Ravel はオネガーと正反對に純藝術的作品を多く發表してゐる。

彼の初期の作品 Rapsodie Espagnole にしても、ma nère L'Ige 又は近作の La Valse 或ひは Balero の內からオネガーに類似の作品を見出す事は困難である。尤もスペイン狂想曲は描寫音樂であるが、これは一つの音樂であつて現實曝露ではない。

彼のユーモアの顯れであるところのフォックス・トロット『朝の五時』でさえも充分に藝術的氣品を保つてゐ

る。

ma mère l'ige も標題樂の1種であるが、私はこれ程上品な標題樂を他に知らない。

I. Pavane de la Belle au bois dormant.

II. Petit Poucet.

III. Laideronnette, Imperatrice des pagodes.

IV. Les entretiens de la Belle et de la Bête.

V. Le jardin férique.

等の標題が現はれて、音樂は私達を夢幻の內に、綠色のヴェールの彼方に在るであらうところのお伽話の國に誘つてゆく。

これは實際に於て、ありふれた奇術の類《たぐひ》ではなく、本當に藝術の偉大な力である。

Darius milhaud の作品を或ひは藝術を私は今でも心から信頼する迄に至らない。

ミロォの音樂は整然たる秩序を保つた形體美の音樂である。

そして彼の手法は飽迄獨逸的である。

彼が世界の樂壇から稱讃を博したのは、彼獨特の手法に據る『多調《ポリトナリテ》』の作品だけである。

私は私自身の研究の爲めにポリトナリテを採用して創作を試みた、然しその結果それが如何に不便極まるものであるかを知るに至つた。

『無調《アトナリテ》』は現代以後の音楽を征服するであらう。
ストラヴィンスキーは『バッハに還へれ』と高唱してゐる。
佛蘭西の六人組もこれに共鳴してゐる。
伊太利にも共鳴してゐる人達がゐる。
これは明らかに彼等の音楽に行詰りを來たしてゐる、と云ふ事が出來る。
然し私はもつと他に言ふ事がある。
『すべての藝術は、赤裸々の原始に還へれ』。

音樂の横顔

太田忠

一、音樂會に行く人

『好い音樂が聞きたいな!』二三人寄ると直に、こんな聲が起る。それは確に近頃の音樂に關心を持つ人の共通の嘆聲だ、この人達は敢て好樂家とは稱ばない、何故?この人達は、常に主要な音樂會に臨席し、演奏會人種の聞き漏らす事の出來ない重要な曲目の間に、退屈し、又は廊下でバットを吹いて居る、そして『好い音樂は有りませんか?』である。

二、音樂展覽會

『何と好きプログラムよ。』ワグネル有り、ベートヴエン有り、リスト有り、ラヴエル有り、レスピギ有り、ストラウスまで列んで居る。展覽會――博覽會――陳列――陳列、陳列。あつ、こんな物があつた、ドボルザーク、ブラームス、シユーマン、これは博物館だ。はるか忘却の彼方なるベルリオ、メンデルゾン。

三、新鮮地玉子

『生立地玉子』生で立つ卵に非ず、農園直接と云ふ、上海古渡の、本場のチヤン玉なり、マーラー、レスピギ、オネガー。

四、理論家

ペンキぬり立の、ワツトオ、セザンヌ。

『良い音樂』それは確に在つた、ずつと昔に、モツアルトの音樂に、バッハの音樂に、クラヴサンの音樂に。
其の頃には、シェーンベルヒも、マリピエロも居なかつた、不必要だつた。

五、音樂の額椽

音樂は大分前から社交界の裝飾となつてしまつた。古い時代には聽衆のない音樂會も有つたらう。原始藝術では、又民族藝術では、會衆の全部が、一緒に謠ひ踊つて居る。モツアルト時代にもそんな事が考へられる。然し今音樂は、演奏臺上に引つ込んでしまつた。時には冷たい硝子さへ嵌められた額椽の中に、客間の裝飾となつて居る。

六、陶醉

恐らく、一番陶醉し得る人は、演奏家自身、指揮者自身だらう――、聽衆は、曲藝を見ないと感心をしない。で、パガニニとリストとストラウスが、精一杯、お目に掛ける。又聽衆は脅さないと感激しない。で、ワクネルが、怒鳴り立てる、

七、作曲家は何を書く

リストは鍵盤上に曲藝を書いた、ストラウスはニーチエを書いた、ベートヴエンは運命に扉をたゝかせた、ベルリオはフアーストの刦罰に於て、妖女たちを、クラリネツトのトリル、で笑はせたし、サンサーンは、木琴で、骸骨を踊らせた。まだ有る、舞臺と客席の間に戰鬪を開始させるレーガト。箒を切ると、音が二つになつて、水を汲む、デユーカ。社交的會話（ウエーバー）噴水（レスピギ）ETC、ETC

作曲家は遂に、古池に蛙が飛び込んで、『ボチヤン』と水音を書かねばならない。

八、競賣人――演奏家

彼は高い臺の上にあがつて、取つ換へ、引き替へ、色々な品物をお目に掛けてしやべり立てる。人絹入のハンケチや、古めかしい壺や、やたらに大きな敷物や、模造眞珠の首飾りや、最新流行のパジヤマ型訪問着や、

シヤム製の置物や、蛇のステツキや……
一つでも、價よく賣ろーと努力する人、
おしやべり次第で、幾らでも値が出よーと。
九、聽衆に
皆さん、何時までも腹にもたれて居る、西洋料理、
きれいな割に喰べる物がなく、折詰にして御土産のあ
る日本料理、二時間かかかつて喰べて二時間で消化し
てしまふ支那料理と、
まあ皆さん、皆さんの音樂會はどの御料理ですか？
十、本文
前口上は大變長くなつたが本文は極く短い。
近い内に、音樂會をやらして頂きたい。
煙草を喫ひながら聞いて下さい。
品物も少ししか有りません。
ほんとに生々とした音樂です。
理屈つぽい物では有りません。
皆さんに圍まれて、同じ平面で彈きませう。
きつと皆さんにも陶醉して頂けます。
安易な氣持の音樂です。
唯無心に作曲されたものです。
私は能辯な賣手ではないが品は確かです。
お氣に召したら何杯でもお替りを致しませう。
十一、エリツク・サテイの音樂
地味な音樂です、山氣のない。だからピアニスト達
は彈く事を好みません。コンサートに出す音樂では無
いと思ひます。燕尾服を着た音樂では有りません。着
流しの音樂です。
オーケストラ曲でも、すこしも人を脅す所が有りま
せん。

神になつた不具者

アポリネエル
青山清松

或る春の日の午前の出來事でした。巴里からシェルブールに通じる街道を走つてゐた一臺の自動車が突然に、シャトゥーの町に這入りヴェジネのはづれまで來ると爆發して乘つてゐた二人の乘客は無殘にも死んでしまひました。運轉手は半死半生で病院へ擔ぎ込まれ、そこで意識を失つたまゝ三ケ月を過ごしました。妻に手押し車を押させてやつと退院が出來るやうになつた時には、左の脚や、左の腕や、左の眼がなくなつて居ました。そればかりでなく左の耳は聽えなくなつてゐました。保險金も這入り、僅かながら彼には不足のない財産も出來たので、退院後、トゥーロンの近くの海岸に買つてあつた小さな家に暮しました。腕や脚の傷痕が始終痛むので義足や義手を着けることは大變に苦痛でしたので、數週間の後には、片足でピョン〳〵跳んで歩くことが出來るやうになりました。

近所の人々や通りがゝりの人達は、繩飛びでもするやうに、ピョン〳〵と跳びながら散歩する此の不具者を物珍らしげに眺めるのでした。斯うして跳び歩いて居るうちに彼の頭は大變に鋭くなつてしまひ、「あの男は悧巧者だ」「人が物を質ねても何でも直ぐに答へをする」「あの男は實に巧みな笑談を云ふ」といふやうな評判が間もなく廣まりました。彼に會つて物を質ねて見ようといふ物好きな連中はトゥーロンから許りでなく近所の村々からもやつてくるやうになりました。が、ジュスタン　クーショと云ふ本名の代りに「エテルネル」といふ綽名を貰つた此の男は、左の體の半分と一緒に「時」の觀念まで全く失つて居たことがやがて人々に知れました。

　意識を失つて過した三ケ月の間に、彼は、不具になつた以前のすべての記憶を失つてしまつてゐたのです。さうして周圍の人々から聞いてさへも、もう今後の生活を充たす、色々の以前の出來事の前と後とを結び付けることは出來ませんでした。

　實を云へば、彼には自分の動作と心とが同時に起るやうに思へると信ずることは不可能でした。時の觀念に慣れた人々の思想で、彼の頭の中に起ることを表はし得る唯一つの言葉は「永遠《エテルネル》」といふ言葉だけでした。一つしかない耳や目を驚かすやうな印象も、自分の動作さへも、身振りさへも凡てが彼には「永遠」のもののやうに思はれたのです。普通の人々には、完全な腕や脚や眼や耳によつて、始めて物事の連絡が精神の裡に生れて、それによつて「時」の觀念が生じるのです。それだのに不具になつた此の男の片腕や片脚や片眼や片耳は彼のためには生活上の種々な行爲の間に普通の人と同じものを生む力がなかつたのです。

　不思議に變つた不具者でした。これこそ神になつた不具者と云へるのかも知れませんでした。

　さうしてこの男の人氣は日に増して世間の好奇心をそそるやうになつたのです。お天氣の好い日など、彼はピョン／＼と跳びながら、內的に彼に似て居た神のゐる天へ向つて飛んで行きました。さうしてまた、天に行つた彼の、憐むべき不具な身體に閉ぢ込められてゐた神の性は下界に再び其處から下りて來たりしました。

物を質ねようと人が話しかけたりすると、彼は立ち止まつて、丁度渉禽類の鳥がするやうに、脚を曲げて何時間もたゝずんで居るのでした。「ね、……エテルネル。君はきのふ何をしてゐたの？」と問はれると、彼は答へて「子供等、俺は人生を創造して居るんだ。光のあることは望ましいことだ、しかも近くには暗黒が控へて居る。俺には昨日もなけりや明日もない、あるのは唯今日だけさ。」と。――

彼は自然と非常によく一致し、調和して居たので、彼にとつては自然的の出來事のすべては彼の意志の結果であり、彼が遺憾とか願望とかを知り得る前に既に事の結末が彼の意志に應ずるのでした。

或る日、一人の若く美しい女が「エテルネル、妾を如何お思ひになつて？」と尋ねました。すると彼は答へて「お前は百萬の存在だ、凡ゆる高さの、多くの顔――幼兒の、乙女の、人妻の、老婆の顔――を、持つ存在だ。お前等は生きて居るし、又、お前は死んでも居るんだ。さうしてお前等は笑つたり泣いたりする、お前等は愛したり憎んだりする。さうしてお前は何者でもなく、お前等は凡てである。」と云ひました。

或る政治家が「どの政黨に共鳴して居るか」ときくと「凡ての政黨に共鳴して居る。そしてどの政黨にも共鳴して居ない。何故なら、それは影と光のやうなものであり、何物によつても變ぜられないやうに共に生くべきものだから。」と、彼は又答へました。

またナポレオンの話を聞かされた時、ジュスタン・クーショは叫びました。「聖なる哉ボナパルト！ 彼は戰に勝ち、負け、そしてセントヘレナに死ぬことをやめない。」と。

ビックリした或る男から死に關して質問をされた時、彼は「言葉！言葉！君はどんな死に方を望むのか？人間は存在する、それだけで澤山だ。風のやうに、雨のやうに、雪のやうに、ナポレオンのやうに、アレクサンダーのやうに、海のやうに、樹々のやうに、町々のやうに、河のやうに、山々のやうに、人は存在するんだ。」と言葉を残して、ビヨン〳〵と跳び去りました。

かうして彼にとつては全世界も凡ゆる時代も丁度彼の片手で正しくかなでられる調べのよく整つた「樂器」のやうなものだつたのです。

ジユスタン クーシヨが姿を晦ましてから一年になりますが、其の後彼がどうして居るか知る者はありません。當局が投身と推測したのも幾分の理由はありますが、彼の不思議な不具の身體は遂に發見されませんでした。兩親も、隣人も、彼に會つた人々も、エテルネルが死んだとは信じません。これから後も、信ずるやうなことは決してないでせう！

エチュード

ダリウス・ミロオ
若園清太郎

サテイの死　一九二五年

エリツク・サテイの死は總ての若い音樂家たちを悲しませた。何故ならば、――フランスでも外國のやうにしか、彼の藝術が最も若い藝術家たちにしか認められなかつたからである。彼の作品が常に若い作曲家たちの憧憬《あこがれ》の的であり、サテイが常に若々しく生き殘つたことは一つのミラクルであつた。ジムノペディ（彼の二十一の時の作品であり、彼の處女作である）を擁護した人々はパラアドの時やソクラアトの時に最早從いて來なかつた。そして、この二つの作品を擁護した人々はメルキウルやルラツシユの時に彼を見棄てゝしまつた。サテイはサン・ジヨゼフの病院で死んだ。そこで彼は、居心持の宜い部屋と手厚い看護とをエチエンヌ・ボオモン伯爵の手によつて受けてゐた。彼はいつも彼に忠實であつた數人の音樂家たちや、共作者《コラボラトウル》や、友達等にかこまれてゐた。(それは彼が會ひたがつた極く少數の人たちであつた。)例へば、ロベエル・カビイやマツクス・フオンテエヌやイイブ・ドオタンなどの明日の「音樂」を形づくる若い作曲家たちであつた。

彼の友達で十年間あつたことが、そして、彼の驚くべき例《エキザムプル》が私を深めたことだけが私の慰めとなるであらう。

何んて、サテイの一生は宜い敎へであつたらう！

彼は決して妥協しなかつた。死の前日、彼はアクイユ派の音樂家の一人に、(友よ、最後まで讓つてはならないのだ。)と語つた。それは彼を苦しみにまでたかめた。彼はどんな妥協さへも避けるために、彼にとつて非常に高價な友情さへも破ることを怖れなかつた。更に！孤獨であることを彼は欲した。然し、彼の作品の防禦に缺くことの出來ないイデエに對してだけは忠實であつた。そして、彼は、彼の傲岸な態度のために彼の完全な音樂のために、若い人々が彼を愛し彼の音樂を守つて吳れるであらうことを最もよく知つてゐた。

彼はいつも自分に忠實だつた友達の他を見ることを欲しなかつた。彼の病氣であることを知つて、彼に近づかうとした、以前彼を見すてた友人たちを受けいれやうとはしなかつた。彼はこのやうにして最後まで彼自身を「守つ」た。

六ケ月も續いた長い苦しい病氣の後でエリツク・サテイは死んだ。

もし人が彼の殘した作品に眼を注ぐならば、フランス音樂が三十年來とつて來た方向の先見《プレザアジユ》で彼の凡ゆる作品があつたことに驚ろかされるであらう。例へば一九〇〇年に於けるジムノペディ、一九二〇年に於けるパラアドのやうに。

サテイは無數の未發表の作品を殘した。ーピアノ曲、(例へば les Ogives, les Danses Gothiques, les Préludes flasques, The dreamy fish, 等。) 宗教音樂 (オルガンと合唱のための la Messe des Pauvres) 劇のための音樂 (Uspud, Jack in the Box, Geneviève de Brabant, Cinq Grimaces pour “Le Songe d' une nuit d'Été”)

サテイは多くの意見《アルテイクル》をS. I. M., Action, Les Feuilles libres, Vanity Fair, Paris-Journal, 319 等に發表した。

——パリとブリュッセルで講演をした。

フランスの音樂が最大の悲しみを持つた今日、われわれはたゞ「ソクラテス」の最後の小節を思ひ出すことしか出來ない。((エケクラテス、これが、あらゆる人の内で一番正しい、一番賢かつた吾々の友の最後なのだ。))

編輯後記

新春二月號より本誌は岩波書店の手によつて發行されることになりました、誌名は全然變更するか或は第二期言葉として創刊されると思ひます。これらの交渉雜務のために本號は發行が遲れ內容に於ても十分讀者の期待に添ひ得なかつたことを遺憾とします。

同人

青山清松　大澤比呂夫
阪丈緒　坂口安吾
江口清　關義
本多信　若國清太郎
片岡十一　脇田隼夫
葛巻義敏　山口修三
長嶋萃　山澤種樹
根本鐘治　吉野利雄
野田早苗　山田吉彦

言葉　第二號　（毎月一回一日發行）

昭和五年十二月廿四日印刷納本
昭和六年一月一日發行

編輯兼發行人　東京市外田端四三五　葛巻義敏
發行所　東京市京橋區中橋和泉町六　言葉發行所
印刷所　東京市牛込區山吹町一九八　萩原印刷所

定價一部　二十五錢

豫約定價（送料共）
三ヶ月分　七十五錢
半ヶ年分　一圓五十錢
一ヶ年分　三圓

《復刻版刊行にあたって》

一、本復刻版は、浅子逸男様、庄司達也様、公益財団法人日本近代文学館様の所蔵原本を提供していただき使用しました。記して感謝申し上げます。

一、復刻に際しては、原寸に近いサイズで収録し、表紙以外はすべて本文と同一の紙に墨色で印刷しました。

一、表紙の背文字は、原本の表示に基づいて新たに組んだものです。

一、鮮明な印刷となるよう努めましたが、原本自体の状態不良によって、印字が不鮮明あるいは判読が困難な箇所があります。

一、原本の中に、人権の見地から不適切な語句・表現・論、また明らかな学問上の誤りがある場合も、歴史的資料の復刻という性質上、そのまま収録しました。

三人社

言葉 II 復刻版

青い馬 復刻版（全7冊＋別冊）

2019年6月2日 発行

揃定価 48,000円＋税

発行者 越水 治

発行所 株式会社 三人社

京都市左京区吉田二本松町4 白亜荘

電話075（762）0368

組版 山響堂pro.

乱丁・落丁はお取替えいたします。

言葉IIコード ISBN978-4-86691-134-2

セットコード ISBN978-4-86691-127-4